LE CACHOT DE LA SORCIÈRE

À Marie

Ouvrage publié originellement par Andersen Press Limited,
20 Vauxhall Bridge Road, London SW1V 2SA, Grande-Bretagne,
sous le titre *The Ghost Prison*.

ISBN : 978-2-7470-4881-1
Dépôt légal : juin 2014

JOSEPH DELANEY

LE CACHOT DE LA SORCIÈRE

Traduit de l'anglais (Royaume-Uni) par Agnès Piganiol
Illustrations de Philippe Masson

bayard jeunesse

1
Un nouveau travail

Pour l'amour du ciel, lève-toi, mon garçon. Tu veux donc perdre ton emploi avant même d'avoir commencé ?

J'essuyai de la bave qui coulait sur mon menton et regardai autour de moi, désorienté. Quelle heure était-il ? Il me semblait que je venais de me coucher.

– Allons, Billy, dit Mme Hendel, plus gentiment, cette fois. On t'a demandé d'arriver là-bas une heure après le coucher du soleil. Tu devrais déjà y être.

Elle prit ma veste sur la chaise et me la tendit. Je me levai péniblement.

Au même instant, une bande de garçons chahuteurs entrèrent dans la chambre en riant. Elle les fit taire aussitôt, mais je les entendis ricaner.

– Tu as peur, Billy ? Tu n'as pas envie d'y aller ?

– Fichez le camp ! criai-je, en les envoyant promener et en m'élançant vers la porte.

Sales gosses.

En vérité, ils avaient vu juste. Oui, j'avais peur. J'aurais préféré un autre genre de travail, mais, comme disait ma mère – paix à son âme –, nécessité fait loi. Et elle avait raison. Pour les jeunes de l'orphelinat, il

était difficile de trouver un emploi. Je devais m'estimer heureux d'avoir décroché celui-là. Encore quelques semaines d'apprentissage, et j'aurais assez d'économies pour quitter cet établissement de malheur. Le jeu en valait la chandelle, finalement.

Ma lanterne à la main, je descendis l'escalier en vitesse et, à la sortie du village, je pris le chemin qui menait au château.

Je le voyais au loin sur la hauteur et, en courant à travers la campagne, j'essayai de me donner du courage.

Après tout, je n'allais pas là-bas comme prisonnier, mais pour garder des prisonniers. C'était un travail, un vrai, et je le ferais. Ces garçons étaient idiots. Jaloux surtout.

Je savais pourquoi ils pensaient que j'avais peur. À cause de ceux que je garderais : des assassins, des criminels, des sorcières. C'étaient ces gens-là que je devrais surveiller, du moins quand j'aurais terminé mon apprentissage.

Une nouvelle lune s'était levée, un fin croissant qui ne tarderait pas à disparaître derrière les nuages noirs poussés par le vent d'ouest. Je frissonnai, mais pas seulement de froid. On racontait des tas d'histoires sur ce château, des histoires de revenants qui hantaient les couloirs, la nuit. Tout le monde au village avait entendu les cris venus de là-haut : de longues plaintes à fendre l'âme, des rires hystériques, de lugubres sanglots...

Situé à plus d'une lieue de la ville la plus proche, cet édifice sévère aux dimensions impressionnantes était perché sur une colline et entouré d'un bois épais de frênes et de sycomores. Il était construit en pierres sombres, froides et humides, avec des tourelles, des remparts et des douves nauséabondes qui, d'après certaines rumeurs, contenaient les squelettes de ceux qui avaient essayé de s'évader.

Je n'avais jamais eu envie de faire des gardes de nuit. Mais personne ne se souciait de mes sentiments. Les ordres étaient les ordres, et au bout de deux semaines on m'avait demandé de me présenter une heure après le coucher du soleil. N'ayant pas l'habitude de dormir l'après-midi, j'avais eu de la peine à trouver le sommeil au milieu des autres garçons, et je m'étais réveillé trop tard. J'avais déjà plus d'une demi-heure de retard, et les gardes du château étaient censés être ponctuels.

Arrivé au pied des remparts, je regardai l'inquiétante muraille au-dessus de moi. Avec des grincements et des cliquetis de chaînes, la herse se leva lentement.

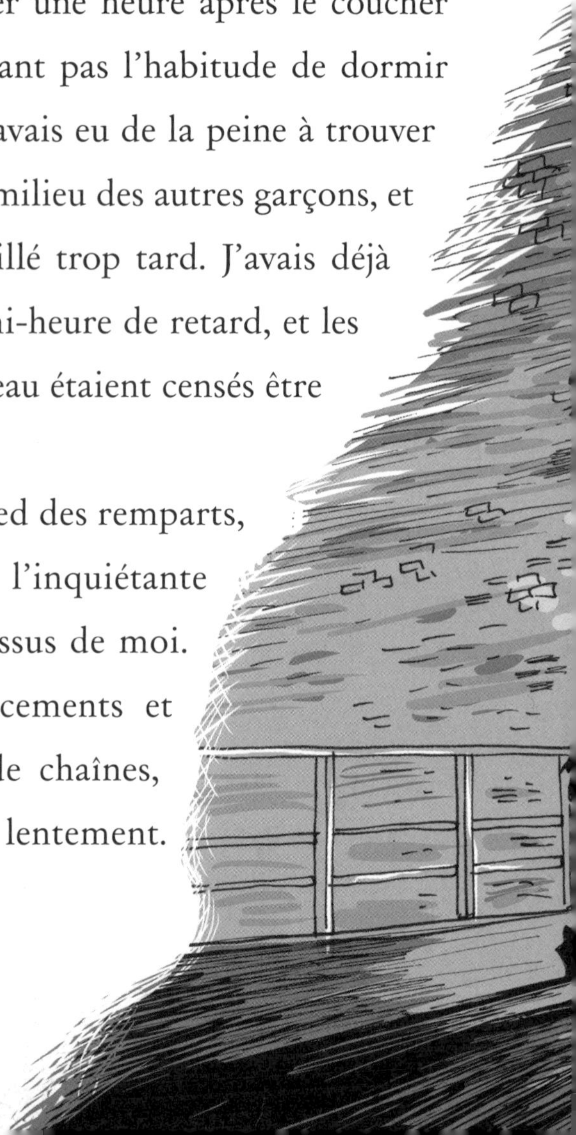

Ils savaient que j'étais là. Personne ne s'approchait du château sans se faire repérer. Il y avait toujours des yeux qui guettaient, des gens qui vous voyaient venir.

Derrière la herse se dressait une énorme porte en bois cloutée. Je dus patienter encore cinq bonnes minutes avant qu'elle s'ouvre, alors qu'une légère bruine commençait à me mouiller le visage. Allez, vite, me disais-je en marchant de long en large. Je suis déjà assez en retard.

Enfin, la lourde porte pivota sur ses gonds.

Un grand gaillard au visage mal rasé apparut. Il me fixa d'un œil mauvais en se frottant le menton.

– Ton nom ? demanda-t-il.

– Billy Calder.

Il le connaissait mon nom, comme je connaissais le sien – George Ellerton, il s'appelait. Il m'ouvrait tous les jours depuis que je travaillais ici.

Mais il suivait le règlement : pour entrer, tout le monde devait décliner son identité.

– Tu seras sous les ordres d'Adam Colne, déclara-t-il.

Mon cœur se serra. J'avais entendu parler d'Adam Colne, un colosse réputé pour sa dureté impitoyable. Un jour, il avait jeté un apprenti geôlier dans les douves du haut des remparts. Par chance, le garçon avait survécu.

– M. Colne t'attend depuis plus d'une demi-heure et il n'est pas très content, c'est le moins qu'on puisse dire. Je n'aimerais pas être à ta place, mon garçon.

– Je suis désolé, j'ai perdu la notion du temps et...

– Garde tes excuses pour M. Colne, mon gars. D'ailleurs le voilà !

Je me retournai et vis s'avancer vers moi un homme énorme, avec plus de poils sur la figure que sur le crâne. Un gros trousseau de clés cliquetait à sa ceinture.

Colne me toisa sans ciller. Je me sentais très mal à l'aise.

C'était notre première rencontre, et je savais que je n'avais pas fait bonne impression.

– Tu es en retard ! grogna-t-il. Nous ne sommes que six gardes dans l'équipe de nuit, et la présence de tous est indispensable. C'est compris ?

J'acquiesçai en silence. J'avais perdu ma voix.

– Alors, ça n'arrivera plus, n'est-ce pas, mon garçon ?

Cette fois, je secouai la tête vigoureusement.

– Ceux qui travaillent pour moi ne refont jamais la même faute. S'ils veulent continuer à respirer. Tu dois savoir quelle est ta place dans l'ordre des choses. Est-ce que je suis clair ?

– Oui, monsieur, m'efforçai-je de répondre.

– Bon, si nous sommes d'accord sur ce point, j'oublie ton retard, et nous repartons à zéro. Tu seras heureux ici, mon garçon. Nous sommes très unis dans l'équipe de nuit, comme dans une famille.

Je ne m'y connaissais guère en matière de famille : mes parents étaient morts quand j'étais petit et j'avais passé les neuf dernières années à l'orphelinat. J'avais quinze ans maintenant, et c'était mon premier emploi. Bientôt, je serais obligé de partir et de faire mon chemin tout seul. Oui, voilà neuf ans que je vivais dans ce village. Mais je me sentais toujours pareil à un étranger, et je n'avais pas d'amis.

– Bon, commençons par le commencement, poursuivit Colne. Sais-tu pourquoi on t'a transféré dans l'équipe de nuit ?

– Non, monsieur.

– C'est quelqu'un qui nous l'a demandé avec insistance. Quelqu'un qu'il nous faut ménager. « Laissez le jeune Calder monter la garde la nuit », a-t-elle supplié. Tu ne veux pas savoir qui c'est ?

Elle ? Je n'avais pas la moindre idée de qui il s'agissait.

– Eh bien, essaie de deviner, dit Colne.

Il y avait bien quelques détenues parmi les prisonniers du château – essentiellement des femmes condamnées pour sorcellerie –, mais certainement pas de geôlières. La prison était tenue par des hommes. Et, autant que je sache, personne de ma connaissance n'avait été emprisonné dans ce château, ni dans aucun château, d'ailleurs.

Puis une idée me vint :

– Est-ce une détenue, monsieur ? Lizzie Guntrip ?

Lizzie était enfermée dans l'aile ouest du château. Son voisin l'avait accusée d'être une sorcière parce que toutes ses pommes de terre avaient attrapé le mildiou après qu'il avait écrasé le chat de cette pauvre fille avec sa charrette. Mais je ne la croyais pas coupable, et la moitié du village non plus. Je lui avais souri plusieurs fois au cours de mon apprentissage et donné une plus grosse ration de gruau. Peut-être était-ce elle qui m'avait demandé.

– Lizzie Guntrip ? Non, répondit Colne en riant, nous l'avons noyée il y a trois jours. Elle n'a pas flotté, alors elle devait être innocente finalement, mais, quand nous nous en sommes aperçus, elle était déjà morte. On en gagne et on en perd, ajouta-t-il.

Et il rit de nouveau, froidement.

Je regardai mes pieds, car je n'avais aucune envie de rire.

– Non, poursuivit-il, la jeune personne qui te réclame, c'est Netty. Elle était prisonnière, mais ne l'est plus, à présent.

Je n'y comprenais rien. Si elle avait été libérée, pourquoi exigeait-elle ma présence dans l'équipe de nuit ?

– Où est-elle maintenant ?

– Généralement on la trouve place des Exécutions, l'un de ses endroits préférés, parce que c'est là qu'on l'a pendue. Netty est un fantôme, précisa-t-il devant mon air stupéfait. Et il est important de la ménager, sinon tout le monde en pâtira.

– Un fantôme, dites-vous ? Un fantôme... et... elle m'a demandé ?

Il éclata de rire.

– Oui, petit orphelin. Il y a quand même quelqu'un qui t'aime, tu vois.

Je fis mine de ne pas entendre cette cruelle remarque et repris :

– Mais qui est-ce ? Enfin, qui était-ce ?

– Certains l'appellent « Netty au long cou », à cause de l'étirement provoqué par la corde. Mais il ne faut pas qu'elle t'entende l'appeler ainsi. Elle n'aime pas ça. Même quand elle est de bonne humeur, elle tape, cogne contre la porte et réveille les prisonniers par son vacarme. Parfois elle fait tourner le lait et nous donne des cauchemars. Non, vaut mieux ne pas la contrarier. Allez, suis-moi, mon garçon ! Si c'est toi qu'elle veut comme gardien de nuit, c'est toi qu'elle aura.

Sur ce, il leva sa lanterne et partit d'un pas énergique, en balançant son trousseau de clés.

2
De mal en pis

Nous longeâmes un tunnel avant d'entrer dans la cour du château. Je courais pour ne pas me laisser distancer par M. Colne. Mille questions tourbillonnaient dans ma tête.

– Mais comment cette Netty sait-elle qui je suis, monsieur ?

– Elle a dû t'apercevoir pendant ton apprentissage et s'amouracher de toi.

– On va la voir maintenant ?

J'avais les jambes flageolantes. L'idée de rencontrer un fantôme m'ôtait brusquement toute envie d'être gardien de prison. Pourquoi diable avais-je posé ma candidature à ce poste ?

– On ne va jamais voir Netty, mon garçon. C'est elle qui vient vous voir. Et quand elle le jugera bon, elle apparaîtra, sois-en sûr. Naturellement, ce n'est pas le seul fantôme qui hante cette prison.

Il me montra deux fenêtres de cellules en haut du mur. L'extinction des feux n'avait pas encore sonné, et c'étaient les seules sans lumière.

– Nous ne mettons jamais de prisonniers dans ces deux cellules. Pas pour le moment, en tout cas. Tu sais pourquoi ?

– Elles sont hantées, monsieur ?

– Pour ça, oui, mais nous ne savons pas par quoi exactement. Il y a une dizaine d'années, la prison était pleine à craquer et nous avons été contraints de les utiliser. À en croire certaines rumeurs, elles étaient hantées par quelque chose de désagréable. Mais n'ayant pas d'information précise, nous avons pris le risque d'y enfermer pour la nuit deux valets de ferme ivres. Au cours d'une bagarre, ils avaient frappé le garde-champêtre qui tentait de les séparer. Le lendemain matin, ils tremblaient comme des feuilles, et tous deux ont raconté la même histoire : au milieu de la nuit quelque chose d'invisible mais de très fort les avait saisis à la gorge en essayant de les tirer dans le mur. Et ce n'est pas tout...

Fixant l'obscurité, Colne secoua la tête et marmonna dans sa barbe : il revivait l'évènement. Il semblait m'avoir complètement oublié.

– Que s'est-il passé ? insistai-je.

– Eh bien, comme je te l'ai expliqué, les cellules du château étaient toutes occupées, alors, le lendemain soir, nous avons dû remettre ces deux hommes dans la même. Ensuite, nous l'avons regretté. Après coup, nous nous sommes dit qu'il aurait fallu les envoyer ailleurs, mais nous n'avions pas assez de personnel pour les accompagner. Au matin, l'un d'eux était mort, étranglé. Il avait encore des marques de doigts sur sa gorge, et les yeux exorbités. Ce n'était pas beau à voir. L'autre avait disparu... enfin presque entièrement. Une grande flaque de sang s'étalait sur le sol et, au milieu, il ne restait que ses dents.

– Ses dents ? C'est tout ce qu'on a retrouvé ?

– Son dentier, plus précisément. Un dentier en bois de sorbier. De toute évidence, il n'avait pas pu traverser le mur. La chair et les os, oui, mais pas le bois. Le sorbier possède des propriétés particulières. Les sorcières ne peuvent pas le toucher, et certains prétendent qu'il éloigne les mauvais esprits.

Oui, je l'avais aussi entendu dire. Peut-être me faudrait-il un bâton en sorbier pour mon travail.

– Bon, rentrons, poursuivit Colne, ne restons pas sous la pluie. J'ai besoin de boire quelque chose pour me réchauffer la panse.

Nous longeâmes successivement deux couloirs, terminés chacun par une lourde porte fermée à clé qu'il fallait ouvrir. Je tournais la tête de gauche à droite en marchant, à l'affût des fantômes et autres créatures nocturnes.

Parcourir la prison prenait du temps, même sur une courte distance, à cause de toutes ces serrures. À présent, je comprenais pourquoi chaque geôlier portait un si gros trousseau de clés.

Nous débouchâmes enfin sur une vaste pièce avec un petit feu dans la cheminée, quelques grandes tables en bois et une quantité de chaises.

– C'est la salle de repos de l'équipe de nuit, dit Colne. Mets-toi à l'aise.

C'était la première fois que je pénétrais dans cette salle, car elle était toujours fermée pendant la journée.

Elle donnait l'impression de n'avoir jamais été occupée. Il n'y avait ni tasses, ni couverts, ni assiettes sur les tables. Tout était bien rangé, trop bien. Cela en devenait presque inquiétant. En tout cas, j'aurais du mal à me sentir à l'aise dans un lieu pareil.

– Bien sûr, nous ne l'utilisons pas beaucoup, ajouta Colne, en voyant mon étonnement. Elle n'est pas très agréable, comme pièce.

– Elle est hantée aussi ?

Les choses semblaient aller de mal en pis. N'y avait-il donc aucun endroit sûr dans cette prison ?

– La nuit, tout le château est hanté, mon garçon, mais pas toujours par les mêmes créatures. Dans cette salle, elles sont plusieurs, des affreuses qui frappent et cognent, et la plupart des gardiens préfèrent se tenir ailleurs.

– Vous avez entendu quelque chose, monsieur ? Vous croyez que c'est vrai ?

Il hocha la tête et se pencha vers moi.

– Il y a une vingtaine d'années, quand j'ai commencé à travailler ici, j'étais plus courageux, beaucoup plus. Une nuit, j'étais en train de manger le sandwich au jambon que m'avait préparé ma femme Martha... Elle est morte, à présent, la pauvre. C'est drôle, hein ? Ce château est plein de fantômes, de revenants et d'esprits en tout genre, mais celui que j'aurais le plus aimé revoir n'est pas venu une seule fois me dire adieu.

Il secoua la tête tristement et, pendant un moment, il me parut moins effrayant.

– Ce jour-là, donc, je mangeais, assis dans ce fauteuil, là-bas, reprit-il, en désignant un siège en bois près de la porte. J'avais le ventre plein et je commençais à somnoler, quand j'ai été réveillé par un drôle de bruit

– un bruit à vous glacer le sang, je te jure. Il venait de derrière moi. Tous mes poils se sont hérissés sur ma nuque.

– Qu'est-ce que c'était ?

– Je n'en sais rien. On aurait dit des grincements de dents en même temps que des grognements. Soudain, une forme, petite et sombre, a filé à toute vitesse sur les dalles à côté de mon fauteuil.

Inquiet, je jetai un coup d'œil par terre, m'attendant à voir surgir à mon tour la sinistre créature.

– J'ai eu peur, ça je peux te le dire, mon garçon. J'ai essayé de me persuader que ce n'était qu'un rat, mais comme cette forme était passée à travers la porte fermée, je savais que c'était autre chose. En plus, ça sentait le feu et le soufre. C'était sûrement quelque chose de maléfique. Mieux vaut ne pas trop y penser. À mon avis, ça venait tout droit de l'enfer. Depuis, je mange rarement ici... en tout cas, pas quand je suis seul. Ce qui est bizarre avec les fantômes, c'est que, le plus souvent, ils apparaissent justement quand on est seul.

Il soupira, puis secoua la tête.

– Mais il existe dans ce château des endroits pires, et le pire de tous, c'est celui où je vais tous les soirs seul. On l'appelle « le cachot de la Sorcière ». Là-bas, on garde un prisonnier qu'il est préférable d'éviter. Il est attaché par une longue chaîne à un anneau fixé dans le sol et il dort toute la journée. La nuit venue, il se réveille, et on doit le nourrir à minuit, sinon la situation deviendrait vraiment dangereuse pour tous les employés de la prison.

La tâche est risquée, mais il faut bien que quelqu'un s'en charge. Et comme je suis le plus expérimenté des gardiens, c'est à moi qu'elle revient. En dehors de ce prisonnier, il y a tous les fantômes de ceux qui y étaient enfermés dans le passé. Je me passerais bien d'y aller, mais le devoir est le devoir.

Je n'en croyais pas mes oreilles. À l'orphelinat, on se faisait souvent peur avec des histoires de fantômes à propos du château. Mais la réalité était bien plus terrible que ce que nous imaginions.

– Courage, mon garçon. Je te montrerai où se trouve ce cachot plus tard... mais ne t'inquiète pas, on ne t'y enverra pas. Écoute bien et n'oublie jamais : ne descends surtout pas là-dedans si tu tiens à la vie. J'ai perdu ainsi plusieurs bons gardiens au cours de ma carrière.

– Perdu ?

– Oui, a-t-il confirmé en me donnant une grande tape dans le dos. Perdu.

Mais il ne semblait pas vouloir m'en dire davantage.

– Bon, je vais préparer une boisson chaude pour affronter la fraîcheur nocturne. J'ai l'impression que ça te fera du bien à toi aussi.

Vingt minutes plus tard, ragaillardis par le lait chaud et le miel, nous reprîmes notre ronde. Adam Colne m'emmena dans une nouvelle série de couloirs bordés de cellules, et je dus me remettre à courir derrière lui pour le suivre.

Toutes les lumières étaient éteintes, à présent, et on entendait gémir les prisonniers dans leur sommeil, ou parfois crier comme s'ils étaient en proie à d'affreux cauchemars.

L'orphelinat m'avait habitué à ce genre de bruits. La nuit est difficile pour certains garçons, surtout au début de leur séjour, quand leur mère hante encore leurs rêves.

Mais après les horribles histoires que Colne venait de me raconter, les gémissements de ces prisonniers me donnaient la chair de poule. Être coincé ici toutes les nuits, enfermé dans une cellule où les fantômes entraient à leur guise, quelle horreur !

À l'extrémité des couloirs, Colne ouvrait, puis refermait chaque porte derrière nous en la faisant claquer bruyamment.

– Ne laisse jamais tes clés dans la serrure, mon garçon, me prévint-il. Ne serait-ce qu'un instant. Rattache-les toujours à ta ceinture. Question de sécurité. Ainsi, personne ne te les prendra.

Enfin, nous ressortîmes à l'air libre. Il pleuvait toujours. Autour de nous, sur les quatre côtés, se dressaient les murs du château. Nous étions dans une étroite petite cour d'environ vingt pas de long sur vingt pas de large et presque

entièrement occupée par une grande structure en bois : le gibet.

Cet endroit non plus, je ne l'avais pas vu durant mon apprentissage. C'était la place des Exécutions, le lieu hanté par Netty !

– Oui, mon garçon, c'est ici que les condamnés sont pendus ! Un sinistre endroit.

Mais ce que je veux te montrer est là-bas, dit Colne en désignant le coin opposé de la cour.

Nous dépassâmes le gibet pour nous arrêter à quatre pas d'une imposante porte en fer munie d'une énorme serrure.

J'entendais de l'eau couler goutte à goutte quelque part.

– Voici l'entrée du cachot de la Sorcière. Derrière cette porte, tu serais face à ton pire cauchemar. Ne la franchis jamais, et estime-toi heureux de ne pas être à ma place !

3
Sur le coup de minuit

Après une semaine, je commençai à me sentir bien plus à l'aise dans mes nouvelles fonctions.

Le travail était beaucoup plus facile que durant mon apprentissage, car il n'y avait pas de repas à servir, sauf au prisonnier du cachot de la Sorcière, et ça, c'était le travail d'Adam Colne. Moi, je devais juste faire des rondes dans les couloirs et surveiller les autres détenus qui, pour la plupart, dormaient, gémissaient ou criaient. Au bout de quelques jours, j'étais habitué à leurs bruits. Je me liai même d'amitié avec un autre gardien. Il s'appelait Samuel. C'était le premier ami que j'avais depuis très longtemps.

Je ne voyais jamais le fantôme de Netty. Pourtant, par moments, j'avais l'impression qu'elle n'était pas loin. Une fois, je sentis comme le bout d'un doigt glacé sur ma nuque. Quand je me retournai, il n'y avait personne. Je percevais aussi de vagues murmures, mais je ne comprenais pas les mots. Samuel n'entendait jamais rien, lui. Il faut dire qu'il n'avait pas été choisi par Netty.

Telle qu'elle était, la situation me convenait, et j'aurais probablement continué à faire le même travail sans l'arrivée de la peste pourpre qui bouleversa tout.

L'épidémie ravagea les villages et les villes alentour. Les gens atteints par la maladie souffraient d'affreux maux de gorge et ne pouvaient plus respirer. Puis, juste avant de mourir, ils devenaient violets. C'étaient surtout les petits enfants et les vieux qui mouraient, mais les survivants étaient très mal en point et devaient garder le lit pendant des semaines.

L'orphelinat ne fut pas épargné. Mme Hendel y succomba ainsi qu'une dizaine de garçons parmi les plus fragiles.

J'étais content de ne pas passer mes nuits avec eux.

Un soir, je me rendis au château, et Adam Colne n'y était pas. Trois autres gardiens étaient malades aussi, dont Samuel. Il ne restait plus que deux hommes valides : moi et George, le portier.

– Eh bien, mon garçon, me déclara-t-il, nous n'avons plus le choix. Le prisonnier du cachot de la Sorcière doit être nourri à minuit et, comme Adam est absent, tu devras t'en charger.

– Moi ? Mais je ne suis encore qu'un débutant. M. Colne a dit que je ne devais jamais aller dans ce cachot.

– Écoute, mon gars, tu es le seul gardien disponible, ce soir. Je ne peux pas me permettre de quitter ce poste.

C'était une mauvaise excuse. N'importe qui pouvait garder l'entrée du château, je le savais. Bien que plus âgé et plus expérimenté

que moi, George avait tout simplement peur de nourrir le prisonnier.

– On ne peut pas sauter ce repas pour une fois ? proposai-je. M. Colne sera peut-être revenu demain.

– Si cette créature est privée de sa pitance, ça ne fera qu'aggraver les choses pour chacun de nous. Et puis c'est pour ça qu'on te paie.

De toute évidence, je n'aurais pas le dernier mot.

– Où est la nourriture ? demandai-je, tremblant à la seule idée d'entrer dans le cachot de la Sorcière.

– Il y a deux seaux pour toi place des Exécutions, en dessous du gibet.

Le premier, tu le donnes à minuit, et le deuxième dix minutes plus tard. Tu vides le seau dans l'escalier. Ne traîne pas, surtout. Ressors le plus vite possible.

– Dix minutes plus tard, répétai-je. D'accord, je le ferai.

– C'est bien. Maintenant, va faire ta ronde. Quand tu entendras la cloche de l'église, à minuit moins le quart, dirige-toi vers le cachot.

Muni de mon trousseau de clés, je commençai donc mon tour de garde. J'avais vraiment peur et je me sentais très seul sans la compagnie d'un autre gardien. Lorsque l'heure fatidique sonna au loin, je fus presque soulagé, tant j'avais hâte de me débarrasser de cette épreuve.

Entre la porte du château et la place des Exécutions, j'enfilai sept couloirs. J'ouvris

et fermai huit solides portes. Enfin, j'arrivai dans la cour. Il pleuvait encore plus fort que d'habitude. Marchant avec précaution au milieu des flaques, je m'approchai du gibet où m'attendaient deux grands seaux de bois.

Un couvercle surmonté d'une pierre recouvrait chacun d'eux. À quoi servait cette pierre, je n'en avais aucune idée. Vu que le gibet était entouré de murs, le vent ne risquait pas de souffler.

La cloche de l'église sonna de nouveau. Au douzième coup, je ramassai le seau le plus proche et je l'emportai vers la porte du cachot de la Sorcière. Il était affreusement lourd. Que diable contenait-il ?

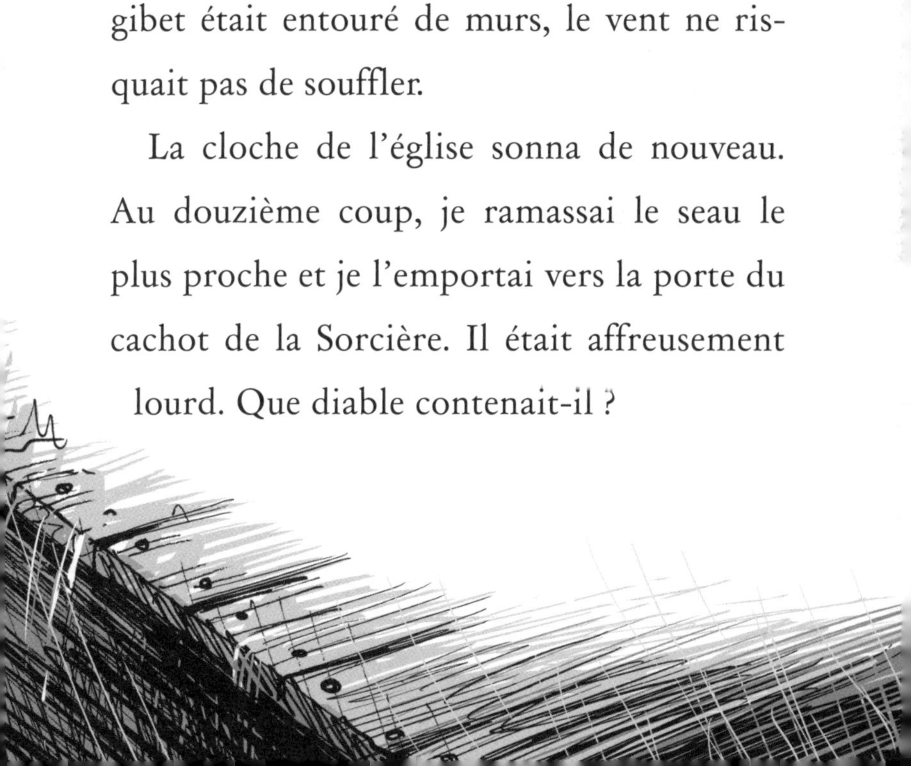

Je le posai à côté de moi et cherchai la bonne clé dans le trousseau. La serrure était dure. Elle finit pourtant par céder. Plein d'appréhension, j'ouvris la porte.

Une torche fixée au mur éclairait l'entrée, mais l'escalier s'enfonçait dans l'obscurité la plus totale. Une main sur le montant de la porte, je tendis l'oreille.

Pendant un moment, je n'entendis rien, puis il me sembla distinguer le bruit d'une respiration.

Je pris la pierre sur le couvercle du seau et la déposai par terre. Ensuite, j'enlevai le couvercle lui-même. Une forte odeur métallique m'assaillit soudain. Le seau était rempli de sang ! Du sang rouge foncé. Ce n'était certainement pas de la nourriture destinée à un être humain ? Quel genre d'individu pouvait être

emprisonné en bas ? M. Colne avait dit qu'il était enchaîné. Mais qui était donc ce *il* ?

En tout cas, je n'avais pas très envie de le découvrir. Alors, je fis ce que le portier m'avait ordonné.

Je soulevai le seau et le vidai : son contenu se répandit sur les marches de l'escalier. Le sang coula comme une cascade, charriant avec lui de gros morceaux de viande crue.

Sans perdre une seconde, je ressortis avec le seau vide et refermai la porte à clé. Appliquant les consignes, j'attendis dix minutes avant de me préparer à servir à la créature son « deuxième plat ».

À un moment, il me sembla percevoir de légers bruits de l'autre côté de la porte. Je collai mon oreille contre le bois. J'entendais bien des bruits de mastication, des reniflements. Au bout de quelques instants, tout redevint calme. Je me dis que le temps était venu de resservir le prisonnier. Plus encore que la première fois, la peur me nouait le ventre. Et s'il était tapi là, juste derrière la porte, à m'attendre ? J'ouvris tout doucement.

À mon grand soulagement, rien n'avait changé. L'escalier s'enfonçait toujours dans le noir. Seule différence : les pierres étaient rouges de sang. Je me souvins alors qu'elles étaient propres avant que je verse le premier seau. Qui les avaient donc nettoyées ? Cela faisait-il partie du travail d'Adam Colne ? Devrais-je laver ces marches quand j'aurais fini ?

Le deuxième seau était, lui aussi, rempli de sang presque à ras bord et, sans plus attendre, je déversai le contenu. Ce n'était pas le même, cette fois. Il y avait plus d'os que de morceaux de viande crue. Pressé de me sauver, j'allais faire demi-tour quand, tout à coup, j'entendis la porte grincer derrière moi.

Elle était en train de se fermer !

Alors que je me précipitais pour sortir, elle me claqua au nez. Pourtant, il n'y avait pas un souffle de vent, ce soir-là. Comment avait-elle pu se refermer ? L'avait-on poussée de l'extérieur ? J'essayai de l'ouvrir, mais elle ne bougea pas. Un frisson glacial me parcourut le dos.

Brusquement, je me souvins que j'avais laissé la clé dans la serrure ! Dans ma hâte de vider le seau pour en finir avec cette corvée, j'avais négligé une règle importante.

Horrifié, j'entendis la clé tourner dans la serrure. Je tentai de nouveau de pousser la porte, sans succès. Quelqu'un l'avait fermée à double tour. Mais qui ? Et pourquoi ?

4
Le prisonnier

J'étais enfermé dans le cachot de la Sorcière avec le prisonnier. Un buveur de sang qui mangeait des os et qu'on devait garder enchaîné ! Je l'entendis quelque part, en bas, qui s'attaquait à son deuxième plat.

Il y eut d'abord le bruit d'une grosse langue lapant le sang que j'avais versé dans l'escalier.

De quelle taille est cette langue ? me demandai-je. Une langue humaine ne ferait pas autant de bruit !

Puis vinrent les craquements des os broyés par de puissantes dents.

De quelle taille sont ces dents ? me dis-je encore. Elles doivent être pointues. Des dents humaines ne mâcheraient pas des os ainsi !

J'essayai d'ouvrir la porte pour la troisième fois, en vain. Qui avait bien pu me faire ça ? Pas George, tout de même. Je lui rendais service en nourrissant cette créature. Un des prisonniers, alors ? Mais non, je venais de terminer mon inspection. Ils étaient tous bien enfermés.

Je m'assis, le dos contre la porte, cherchant désespérément une solution. Cela ne servait à rien d'appeler au secours ; George, le portier, était trop loin. Et si je criais, le prisonnier en bas m'entendrait sûrement et il risquerait de monter.

George ne comptait pas me revoir avant la fin de mon temps de travail. C'est seulement à ce moment-là, quand les gardiens de jour prendraient la relève, qu'on pourrait s'apercevoir de ma disparition et venir me libérer. Mais jusque-là, il fallait tenir plusieurs heures.

Peut-être que si j'attendais en haut de l'escalier, aussi silencieux qu'une petite souris, le prisonnier resterait en bas.

À peine avais-je envisagé cette possibilité, que les bruits de mâchoire cessèrent. Le prisonnier avait dû manger tous les os. Maintenant qu'il avait le ventre plein, il allait peut-être s'endormir ?

Cet espoir s'envola vite. Un nouveau bruit résonna dans l'escalier. Un bruit de frottement, comme celui d'une grosse lime sur du bois. Qu'est-ce que cela pouvait être ? Ce son étrange se prolongeait et semblait se rapprocher peu à peu.

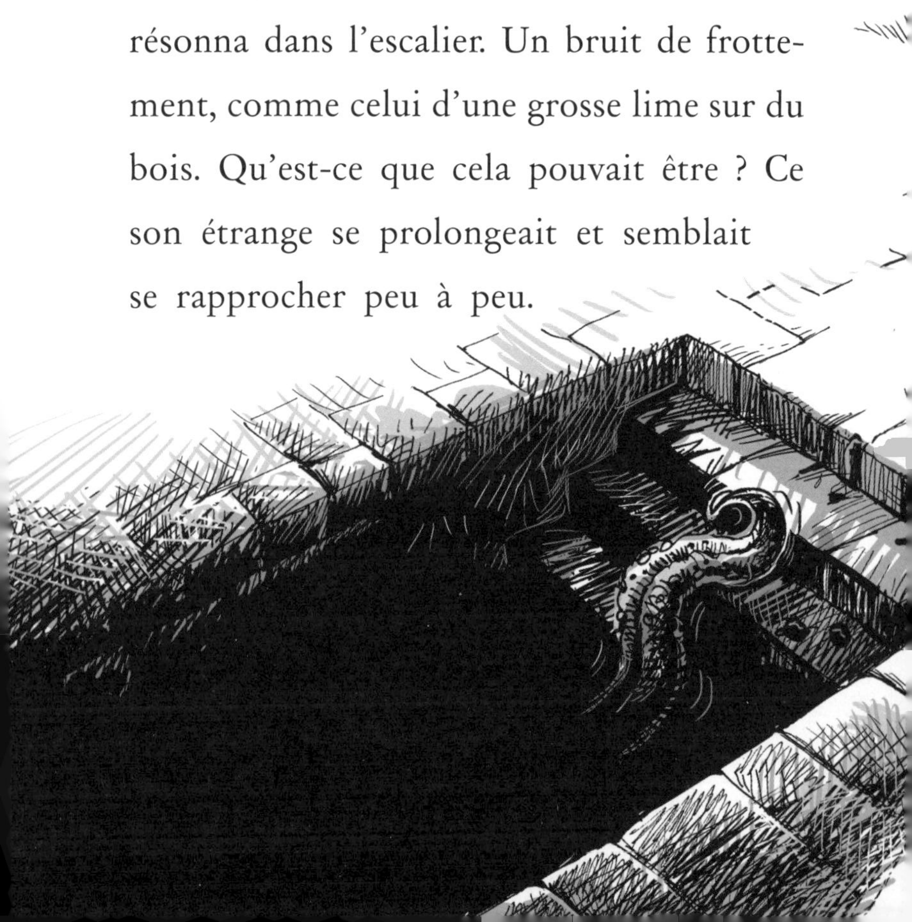

De temps en temps s'y ajoutait un cliquetis de chaîne. Soudain, du fond de mon cerveau, la réponse surgit.

Comprenant ce qui était en train de se passer, je me mis à trembler.

La créature gravissait lentement l'escalier en traînant sa chaîne derrière elle. Le frottement venait de sa langue râpeuse. On n'avait pas besoin de nettoyer les marches, le prisonnier s'en chargeait lui-même. Il les léchait l'une après l'autre, soucieux de ne pas perdre la moindre goutte de sang. Et il montait vers moi !

J'avais un dernier espoir : la chaîne qui le retenait à l'anneau ancré dans le sol, en bas. Selon toute logique, l'administration pénitentiaire avait dû la prévoir assez longue pour qu'il puisse atteindre la marche la plus haute avec sa langue – ce qui éviterait d'envoyer quelqu'un la nettoyer – mais pas assez pour lui permettre d'arriver jusqu'à la porte. Ainsi, le gardien qui lui apporterait son repas ne risquerait rien tant qu'il resterait tout près de l'entrée.

Mais dans ce cas, pourquoi le portier m'avait-il recommandé de sortir le plus vite possible ? Existait-il un autre danger que je n'avais pas prévu ?

Le bruit de la langue léchant la marche se rapprochait de plus en plus. Je me mis debout, le dos collé contre la porte. Puis je m'armai de courage pour faire face à l'apparition de la créature. Je n'eus pas à attendre longtemps. La première chose que je vis, éclairée par la lumière de la torche, était la langue elle-même : énorme, gonflée et violette, comme le visage de ceux qui mouraient de la peste.

Ensuite vint la tête, dont la seule vue me fit frémir. Elle était couverte non pas de poils, mais d'écailles vertes. Ses oreilles, longues et pointues, se terminaient par un os. Quel était ce monstre ?

À mesure qu'il avançait, je me rendais compte de sa taille. Il était bien plus grand qu'un homme. Il devait mesurer au moins trois mètres de haut. Il avait des épaules puissantes, le dos nu et poilu et, à la place des ongles, de longues serres aussi acérées que des poignards.

Sa langue léchait la dernière marche, à présent. Entièrement absorbé par sa soif de sang, il ne m'avait pas encore remarqué. Mon cœur battait à se rompre, et je me plaquais de toutes mes forces contre la porte.

Mais, dès qu'il eut fini, il leva la tête et me fixa de ses gros yeux verts au regard cruel.

Pour la première fois, je vis ses dents : deux crocs longs et jaunes se recourbaient sur sa lèvre inférieure. Il bondit vers moi en grognant. Bloqué par la chaîne, son coup de patte ne put m'atteindre.

Ses griffes s'arrêtèrent à quelques centimètres de mes chaussures. Il salivait déjà à la perspective de dévorer ma chair, et la bave dégoulinait de sa gueule ouverte. La chaîne allait-elle tenir ?

Peu m'importait maintenant que l'on m'entende ou pas.

– George ! hurlai-je en cognant à grands coups sur la porte. George, au secours ! À l'aide ! Je vous en supplie !

Mais personne ne vint. Je cessai de m'acharner contre la porte et je fis face au monstre. Un grognement montait du fond de sa gorge. J'attendis un moment, tremblant, dans la crainte que les gros maillons de sa chaîne ne se brisent. Grâce au ciel, ils résistaient, et les tentatives de la créature pour m'attraper devinrent moins frénétiques. Je m'efforçai de garder mon sang-froid. Le seul risque pour moi était de me fatiguer et de tomber en avant. Mais il y avait peu de chances que je m'endorme face à la gueule béante de ce monstre affamé et à ses griffes, à seulement quelques centimètres de mes pieds. Colne avait dit qu'il avait perdu des gardiens dans le cachot de la Sorcière, et je n'avais pas l'intention d'être une nouvelle victime.

Petit à petit, ma peur diminua. Je me dis que je pourrais survivre ainsi jusqu'à l'aube.

Soudain, alors que je retrouvais un peu de calme et d'espoir, un courant d'air fit vaciller la flamme de la torche. Le courant d'air se changea en rafale, puis en vent violent. La torche s'éteignit. Je me trouvai d'un seul coup plongé dans l'obscurité.

5
Netty au long cou

Pendant un moment, je ne vis plus rien. Ensuite, une vague lueur apparut sur le côté de l'escalier. Cette lueur devint une colonne lumineuse qui éclairait les murs et les marches mieux qu'une bougie, et une forme humaine commença à se dessiner.

Mon cœur se mit à battre plus vite. C'était l'un des fantômes du château. Il ne me fallut pas longtemps pour comprendre lequel. À première vue, le corps avait l'air bien réel, et les lèvres rouges, les yeux bruns, la robe verte auraient pu faire croire à une vraie femme, en chair et en os. Si ce n'est que, à travers elle, j'apercevais les yeux brillants du monstre et ses serres qui se contractaient.

C'était une grande femme. Elle avait dû être belle jadis, mais les pommettes hautes, les cheveux noirs et luisants étaient gâchés par des yeux globuleux, un cou tordu et anormalement long, parcouru de veines noueuses. J'ai frissonné. C'était le fantôme de Netty au long cou, la prisonnière qui avait été pendue place des Exécutions.

Netty sourit sans chaleur, puis s'adressa à moi ; sa voix était aussi froide que le vent du nord.

– Billy Calder, te voilà enfin. Tu as fait connaissance avec mon fils, à ce que je vois. Que penses-tu de lui ?

Je ne répondis pas. Elle se tourna vers le monstre griffu qui continuait à tirer sur sa chaîne dans l'escalier pour essayer de m'atteindre.

– C'est un brave gars, poursuivit-elle, et il mérite ce qu'il y a de mieux. Il n'a pas demandé à naître sous cette forme et il a toujours faim. C'est ma faute. J'ai rencontré un jeune homme, le plus beau qu'une femme ait jamais vu. Il avait des yeux bleus, des cheveux blonds, un peu comme toi, et un sourire éblouissant auquel mon cœur n'a pas pu résister. J'aurais fait n'importe quoi pour lui.

Pourquoi me racontait-elle tout cela ? Que voulait-elle ?

– J'étais jeune et bête, continua-t-elle. Je ne me suis pas demandé pourquoi il ne voulait me voir que la nuit et seule. J'étais une sorcière autodidacte, je n'appartenais à aucune assemblée de sorcières. Je n'avais personne pour me conseiller et m'avertir du danger auquel je m'exposais. J'ai donné un enfant à cet homme si séduisant, et c'est seulement après que j'ai appris la vérité. C'était le Diable ! Les enfants d'une sorcière et du Démon ont parfois l'apparence de monstres. Mon pauvre petit, il est né ainsi, laid et difforme. Alors, quand je peux, je lui offre des compensations, je lui apporte des morceaux de choix, de la chair tendre et fraîche, du sang jeune. Voilà pourquoi tu es ici, mon garçon. Tu n'es pas le premier que j'ai demandé à Adam Colne de transférer dans l'équipe de nuit pour m'être livré ! Il n'ose pas refuser, sinon c'est lui qui servirait de repas à mon fils ! Oh, je sais, il essaie bien de vous prévenir, mais je trouve toujours un moyen de vous avoir, à la fin.

J'en frissonnais d'horreur. Ainsi, quand elle avait exigé mon transfert dans l'équipe

de nuit, elle avait déjà l'intention de me donner en pâture à son fils !

– Allons, dans ton propre intérêt, mieux vaut faciliter les choses, cria Netty. Il te suffit de descendre les marches, ça ira plus vite, et tu souffriras moins !

J'étais trop terrorisé pour répondre. Mais j'espérais encore. Elle n'était qu'un fantôme,

après tout, et malgré les frayeurs qu'elle me causait, elle ne pouvait pas m'obliger à faire quoi que ce soit. Rien ne m'empêchait d'attendre en haut de l'escalier jusqu'à ce que quelqu'un de l'équipe de jour vienne ouvrir la porte et me libérer.

– Faudra-t-il employer la manière forte ? reprit-elle. Dois-je te traîner jusqu'en bas ?

– Tu n'es qu'un fantôme ! hurlai-je, les genoux tremblants. Tu n'as pas de substance. Tu ne peux me traîner nulle part !

– Ah, tu crois ça, mon garçon ? Tu ne sais pas grand-chose des fantômes, apparemment. À ton avis, qui a tourné la clé et t'a enfermé ici ?

Netty s'approcha et tendit sa main gauche vers moi. Je sentis le bout de ses doigts glacés sur mon cou, puis une secousse au niveau du col de ma chemise me fit perdre l'équilibre.

Je titubai et faillis tomber en avant dans les serres du monstre.

Il tirait toujours sur sa chaîne, salivant déjà à l'idée de manger ma chair et boire mon sang. Par miracle, je réussis à me rattraper et me collai de nouveau contre la porte.

– Tu es plus fort que tu en as l'air, mon garçon ! Mais, sois tranquille, il est facile

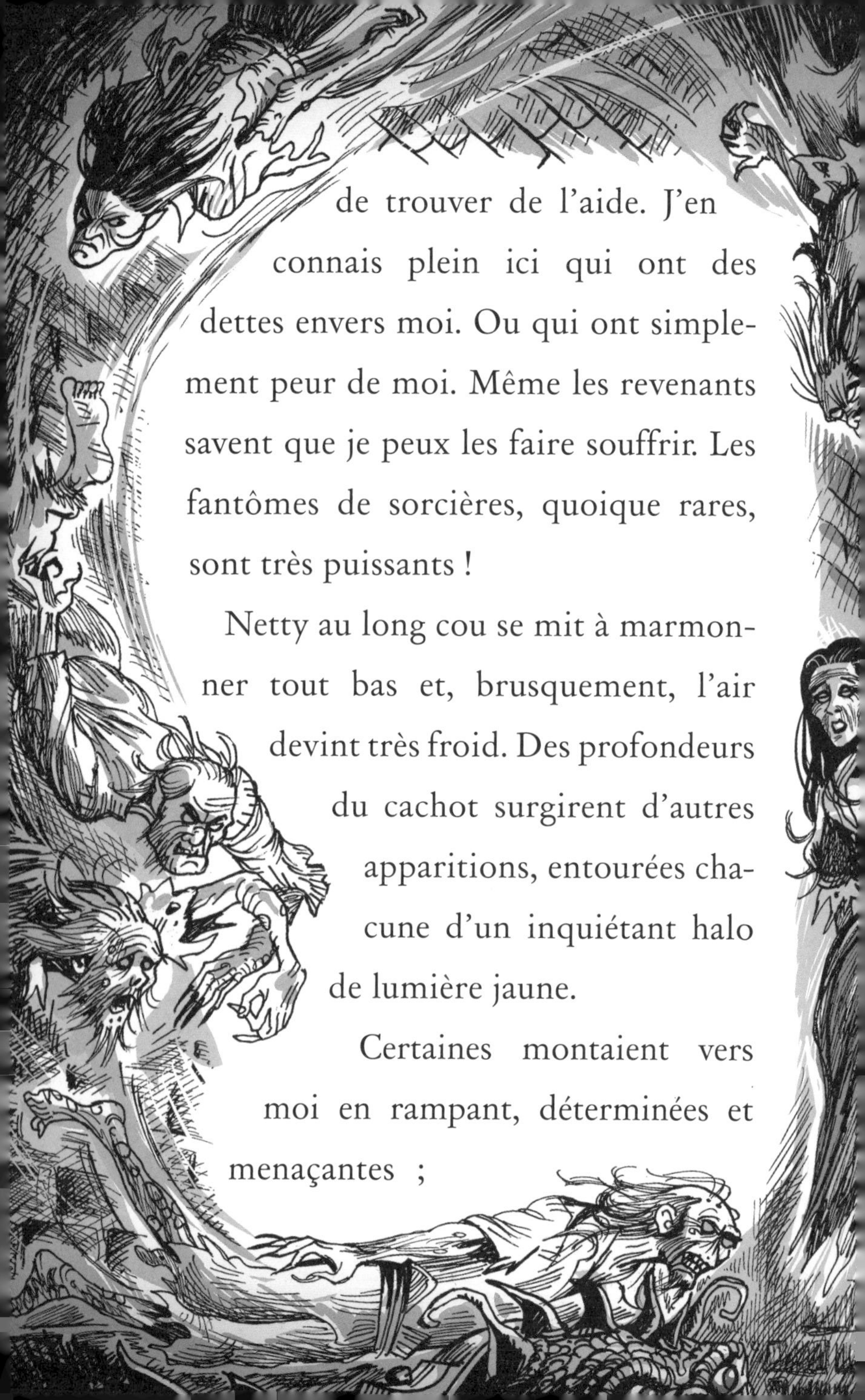

de trouver de l'aide. J'en connais plein ici qui ont des dettes envers moi. Ou qui ont simplement peur de moi. Même les revenants savent que je peux les faire souffrir. Les fantômes de sorcières, quoique rares, sont très puissants !

Netty au long cou se mit à marmonner tout bas et, brusquement, l'air devint très froid. Des profondeurs du cachot surgirent d'autres apparitions, entourées chacune d'un inquiétant halo de lumière jaune.

Certaines montaient vers moi en rampant, déterminées et menaçantes ;

d'autres volaient au-dessus du monstre, dessinant des cercles à grande vitesse. La tête me tournait rien qu'à les regarder. Elles étaient hideuses, difformes, avec des dents comme des aiguilles et de longs cheveux emmêlés qui flottaient derrière elles. Elles tournoyaient sans cesse, poussant des hurlements assourdissants. Puis elles tirèrent sur mes vêtements, me pincèrent la peau avec leurs ongles pointus.

– Laissez-moi ! criai-je, en donnant des coups de tous les côtés.

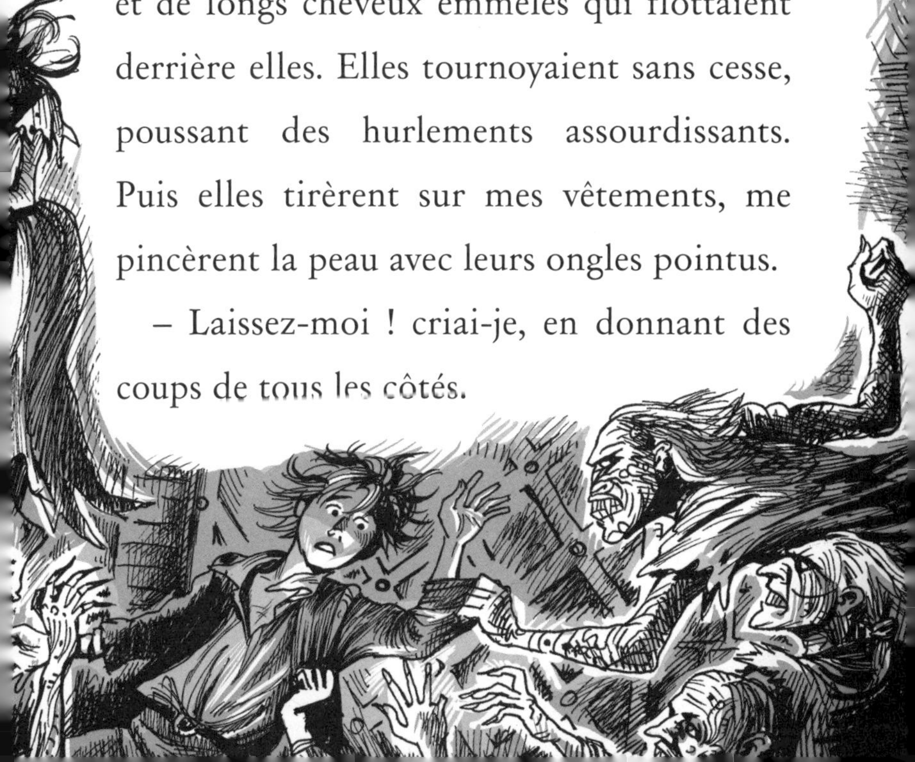

Netty gloussait, ricanait, savourant chaque seconde de mon combat désespéré.

Je luttais pour ne pas perdre l'équilibre, mais les fantômes me harcelaient, impitoyables, essayant de m'entraîner vers l'escalier, sous le regard de la sorcière qui souriait et de son fils qui bavait à l'avance du festin à venir.

Mais j'étais décidé à survivre. Il fallait juste que je résiste encore quelques heures, et je m'en sentais capable.

Les secours finiraient bien par arriver.

Tiens bon, surtout ! me dis-je. Tiens bon !

6
Libre

Tout cela s'est passé il y a fort longtemps, et les souvenirs de cette terrible expérience se sont quelque peu estompés. Voilà de nombreuses années que je parcours les couloirs de cette prison et je me suis habitué aux fantômes. La plupart ne me font plus peur. En fait, Adam Colne avait raison, ils sont presque devenus une famille pour moi. Ils ont remplacé celle que j'avais perdue. Cependant, je me tiens éloigné du cachot de la Sorcière ; il ne fait toujours pas bon s'approcher trop de Netty au long cou et de son fils monstrueux.

Les gardiens vont et viennent. Samuel et George sont partis depuis belle lurette, et Adam Colne a pris sa retraite. Son fils l'a remplacé. C'est une tradition familiale, semble-t-il. Quatre générations de Colne

ont gardé le cachot de la Sorcière. Je serai sûrement encore là quand viendra le tour du petit-fils. J'y demeurerai tant que les murs du château tiendront debout. Je sais où est ma place dans l'ordre des choses.

Car, maintenant, je suis, moi aussi, l'un des fantômes de la prison.

L'auteur
Joseph Delaney

Est-ce que je crois aux fantômes ?

Oui, je crois aux fantômes. Un jour, j'en suis certain, j'en ai entendu un.

À Combe Martin, dans le Devon, je logeais dans un hôtel, le Pack of Card's (le Paquet de Cartes), que l'on disait hanté par une dame blanche.

Au milieu de la nuit, j'ai été réveillé par des bruits étranges. Pour commencer, un trottinement sous le plancher. J'ai essayé de me convaincre que c'étaient juste des souris. Mais si c'était le cas, ces souris avaient de bien grands pieds ! Puis, tout à coup, un autre son beaucoup plus fort a retenti. Comme si on avait jeté une grosse pièce de monnaie dans un grand seau métallique et que ce son se répercutait à travers tout le sol de la chambre.

Les choses qui résonnent ainsi en pleine nuit sont vraiment effrayantes ! Pas facile de trouver le sommeil après ça...

L'illustrateur Philippe Masson

Est-ce que je crois aux fantômes ?

La réponse est non, sans hésitation. Enfin... Il y a quand même, dans la vie, des faits troublants, inexplicables... des coïncidences... Et puis, il y a autre chose : j'avoue que je ne suis pas toujours tranquille lorsque je descends l'escalier d'une cave humide et dont les recoins sont mal éclairés, ou lorsque je monte dans les combles d'une vieille maison dont les craquements de la charpente me font sursauter...

Si je me retrouve la nuit, en pleine campagne, j'ai, comme vous, je suppose, une boule d'angoisse qui naît là, sous le sternum, en imaginant tout ce qui peut se cacher dans cette immensité noire. Dans ce cas, mon pas s'accélère; je ne traîne pas! Quoi qu'il en soit, les fantômes sont très bien dans les récits... C'est leur place! Là, je les adore, ils ne m'embêtent pas et surtout... je prends beaucoup de plaisir à les dessiner!